지금 사랑하는 이에게

지금 사랑하는 이에게

글쓴이 / 정영일
펴낸이 / 孫貞順
펴낸곳 / 모아드림

1판 1쇄 / 2004년 12월 21일
서울 서대문구 북아현3동 180-22
전화 / 365-8111~2
팩시밀리 / 365-8110
E-mail / morebook@korea.com
        morebook@morebook.co.kr
http://www.morebook.co.kr
등록번호 / 제2-2264호.(1996.10.24)

* 이 시집은 부산광역시 문예진흥기금 지원을 받았습니다.

* 잘못된 책은 구입하신 서점에서 바꾸어 드립니다.
* 지은이와의 협의하에 인지를 붙이지 않습니다.

값 6,000원

모아드림 기획시선 71

지금 사랑하는 이에게

정영일 시집

모아드림

내 왼쪽 눈 아랫눈썹에 점이 하나 있다. 눈 아래 점
이 있으면 눈물이 많다고 한다. 그래서 그런지 많이 울
었다. 그런데 눈물이 내게는 은총이었다. 눈물이 있어
시가 쓰였다. 이 눈물이 당신에게도 전해지기를 바란
다. 당신의 마음 안에 물기가 되어 남는다면 나는 행복
할 것이고 더 이상 바랄 게 없다.

2004. 11.
정 영 일

차 례

自序

1부

2부

3부

4부

해설

1부

봄

개나리 노란 꽃 닮은
병아리 좀 보세요
진달래 붉은 꽃 닮은
아가 볼 좀 보세요

아직 먼 산에 흰 눈 있는데
봄이 먼저 총총 걸음으로
저 산 넘어 왔는가 봐요
바람이 코에 매운 거 보면

봄 왔다 소식 안 알려도
우린 이미 봄 봤어요
미나리 푸른 잎 서로 맞대고
햇볕 기대어 졸고 있던 걸요

봄비

봄비가 조용히 오는 것은
아가 잠 깰까 봐

봄비가 가볍게 오는 것은
새싹 다칠까 봐

그러다 는개로 오는 것은
그리워 울까 봐

봄비 내린다

봄비 내린다
긴 기다림 끝에
몸 눕힌
아름다운 영혼

너도 나처럼
바라보고 있니?
수액樹液 오르듯
생동하는 봄

이 비가
행복 줄 거야
세상 슬픔
가져 갈 거야

들풀 고개 내민다
바람과
구름과
씨앗 데리고

3월의 신부新婦

3월의 신부는
아침 해 이슬 닿듯
환하고 곱게 오네
푸른 감잎 사이로
흰 속살 감춘
감꽃의 수줍음같이

3월의 신부는
아지랑이 닮았어라
수선화 부끄러워
연못 보고 섰네
나비의 날개 빌리면
그땐 하늘 날을까

3월의 신부는
해맑은 바람같이
바다 속 산호같이
햇살이 당기면

방긋 웃네
봄이 깨어나네

신부新婦여 어린 신부여

신부여, 어린 신부여!
맑은 체취로 갈색 머리 헹구고
흰 눈처럼 가벼이 달려와
그의 곁에서 기뻐하는 모습
발자국 깃털처럼 가벼워
다가온 자리 보이지 않았네
기다린 날들 아지랑이 오르듯

신부여, 어린 신부여!
나뭇가지에 햇살 앉으면
잎은 하늘하늘 하늘 올랐다오
열난 입술은 사랑의 문
맨살은 석류 같은 욕망
바라보는 눈빛은 어둠 지우니
인생 또한 그렇게 건강하시오

신부여, 어린 신부여!
이 세상 가장 고운 언어로

화관 만들어 머리 장식하면
낮잠 든 별들마저 깨어나
그리운 이에게 편지를 쓰네
마을 뒷산 어린 영혼들로부터
멧부리 걸린 늙은 노을까지

신부여, 어린 신부여!
적막은 깨어지기 위해 있고
사람은 만나기 위해 있음이니
그는 내가 태어난 이유이고
그는 내가 살아갈 의무라오
오시는 길 막히면
저 쉼 없는 파도 타고 오시오

신부여, 어린 신부여!
그리움이 한 몸 이루고
사랑이 영혼을 한데 포갠다오
그러면 이리 사시오

어느 날 목면이 면화로 툭 터지듯
솜털 같은 부드러움으로
달빛 같은 은은함으로

꽃

아무도 없을 때
꽃하고 놀았다

죽어도 생명은
다시 태어난다는 것하고

이름을 가져도
아무것도 아니라는 것하고

아름다워도
쓸쓸하다는 것하고

사람이나 꽃이나 똑같았다
꽃을 보니 눈물이 났다

며느리밑씻개꽃

뉘가 네 이름 지었느냐
붉고 여린 입 다물고
가녀린 목 위로 솟았구나
나도 너처럼 저린 마음 감추랴
밤이면 별 더불어 입술 열고
아침이면 이슬 붉게 물들여
물가에 뚝뚝 맑은 눈물 보내랴
뉘라서 네 이름 모른다 할까
여름 한낮 열릴 듯이 말 듯이
네 몸이 저리 흔들리고 있는데

잎 푸른 나무

나무 한 그루 심어 놓고
물을 붓는다, 아무리 물 부어도
사랑이 없으면
나무는 자라지 않는다

꼿꼿이 선 채 흔들리는 바람
나는 슬픈 짐승이다
나뭇가지 흔들릴 때마다
내 마음 흔들렸으니

내 안에 자란다고 하나
생명 있는 것은 모름지기
제 갈 길 간다, 낙타 사막 가듯
잎 푸른 나무, 고개 든다

진달래꽃

봄이 오면 뉘 영혼이어서
일 년에 한 번 꽃으로 필까
멧새 울음 우는 산
울근불근한 가지에 매달려
초야初夜 같이 생긴 꽃
마을은 달빛 푸르게 보리 익었어라
고개 위 밭두렁 남 안 볼 때
서방 중풍이고 나는 처녀라

멧새 울 때 동네 총각 몸 받고
죽어서 사당 돌쩌귀에 붙은
이승에서 사금 캐던 여인아
봄 미나리 밭에 다리 내리고
치마 속 달거리 걷히었을 때
산에 올라 붉은 울음 울었어라
서러워 꽃잎 어찌 만지나
아파서 꽃잎 어찌 떨구나

진달래 꽃눈 내린다

진달래 꽃눈 내린다
삼월이어서 봄볕 따스한데
내 몸도 갈기갈기 흩어지는데
뉘 영혼 저리 꽃눈 되었나

사랑하였어라
남 몰래 깊은 사랑하였어라
쓸쓸히 세상 버린 그날
혼자 남은 어린것 눈에 담고

독약 뱉으며 날 살려달라던
영혼 울음소리였어라
찬 겨울 북풍에 몸 낮추고
삼월 눈 되어 세상 온 것은

서럽게 흘린 핏물이었어라
여인아 젊은 여인아
그 눈물 거두시오, 삼월 봄볕에
사랑한 것은 죄 아니라오

진달래술

그래, 그랬어
입술을 댈 때부터
기다려 온 듯

내게 기대어
쏟아 붓는
유혹의 언어들

오래 감추어도
빛바래지 않는
그리움처럼

살갗에 닿자마자
개화하는 꽃,
감춰 둔 여인아

목련꽃

올해도 목련꽃이
피었습니다

목련꽃 같은 아이들이
떠난 자리에

그 아이들의 웃음이
꽃이 되어 돌아왔습니다

목련

삼월이 채 가지도 않았는데
목련이 꽃잎 떨구고 있다
남녘 땅 햇살 낮게 드리워져
봄은 뜨락에서 길게 하품을 한다

봄맞이꽃으로 피어 낮은데 살더라도
목련이 되어 높게 꽃 피우지 않겠다

목련존자가 지옥에서 목련 꽃잎 주면서
집채만 한 배와 바늘구멍 입 가진
아귀 귀신 달래어 엄마 구출했더라지
맑고 고와라 부드러운 꽃

삼월은 아이 맨살처럼 붉고 부드러우나
나는 풀꽃 되더라도 목련 아니 되련다

상사화야, 네 꽃을 잃어야 새 잎 돋는다면
한 가지에 나서 꽃이 잎 만나지 못한다면

네가 아무리 아름답다 해도 나는 차라리
흙 묻힌 꽃이 되어 잎 바라보며 살란다

목련은

목련은 꽃잎 떨구어야
새 잎 연다
새 잎 열리고 일 년
목련은 다시 꽃잎 연다

새 잎 열릴 때
여름 와 봄 기다리고
다시 봄 와 꽃 피우는
목련 잎의 숨은 사랑

나도 한 사람을
그리워하면 저리 될까
내 몸 낮추어
맑은 꽃 피울까

오월은

모래밭에
숨구멍 하나 내놓고
오월은
모래시계처럼 안으로
그리움 당겼다
하늘은 마술사의 푸른 보자기인가
살래살래 흔들더니
동백꽃보다 붉은 내 마음
구름 걸린 나뭇가지에
내다 걸었다

늘 푸른 꿈꾸십시오

늘 즐거운 꿈꾸십시오
슬픈 그림자 지우고
어린아이의 웃음으로
오월을 지내십시오

흙먼지 나는 길을 따라
늘 그랬던 것처럼
손잡고 걸어가십시오
패랭이꽃 필 듯 말 듯

꽃도 햇살 따라서
얼굴 비춥니다
사랑하는 마음 내비치면
이 세상이 바로 꽃동산

흙 위로 생명 오르고
푸른 잎새 등으로
바람 핥고 지나는 오월에
늘 푸른 꿈꾸십시오

어머니

세상 어머니 모두 똑같다
얼굴 비슷하고
손발 비슷해도
내 아이 찾아내는 것은

세상 어머니 모두 똑같다
벗은 목욕탕이든
뛰는 운동장이든
내 아이 찾아내는 것은

세상 어머니 모두 똑같다
고기국 끓이고
냉이국 끓이고
내 아이 찾아 먹이는 것은

그런데 훌쩍 커버린 내가
어머니 찾으면
별 가운데 섞여
숨으신다, 찾지 말라 하신다

저 신발 보렴

저 신발 보렴
가끔 잃기도 했던
왼쪽 오른쪽 구분 안 돼
속 썩히기도 했던

섬돌 위에 놓여져
나의 밤을
별과 함께 지켜 준
꽃그림 박힌 신발

꼭 소녀 볼 같았어
가슴에 안고 잠들어도
부끄럽지 않을
고무신이

돌 틈새 풀처럼
기억의 두께 헤치고
피어난 것은

헐거운 사랑

사진 밖에 또 한 사람
보이네
울 엄마 심장 터질 듯
지켜보고 섰네

슬픔 모르는 아기별 하나 있거든

"무릎 위에 머리를 대고 하늘나라 이야기도 듣고, 동화
도 들으면 얼마나 좋은데……"
"도도야, 아예 우리 고래 뱃속에다 '무릎 위의 학교'를
만들면 어떨까?"
"무릎 위의 학교를?"
"너희 엄마를 담임선생님으로 모시는 거야."
— 안순혜 〈무릎 위의 학교〉 중에서

어머니, 하늘나라에서도
갖가지 사연이 있는지요?
어머니, 하늘나라에서도
생각 담을 종이와 펜 있는지요?

편지를 쓸 때에는
연필에 침 바르며 쓰시는지요?
아니면 이승처럼
만만한 아이 불러 대필하시는지요?

어머니, 하늘나라에서도

우체통이 있는지요?
하루에 몇 번씩 편지 거두어 가는
우체부 계시는지요?

그래서 어려운 편지 쓰시게 되면
겉봉의 주소 몇 번 확인하시어요
하늘나라에는 별이 많아
잘못 보내면 되찾기 어려우니까요

어머니, 절 보시려거든
별들 가운데 유난히 푸른 별
그 안에 우뚝 서서 붉은 빛 쏘는
눈물 글썽한 별 하나 있으면

그리워 홀린 듯 천장에 구멍 뚫어
바라보는, 아직도 슬픔 모르는
아기별 하나 있거든
그게 저인 줄 아세요, 엄마

들국화

오오– 엄마가 웃으신다
들길 가운데를 힘차게 걸으면
바지에 매달리는 이슬
툭툭 털며 학교로 간다

뭘 배우는지도 모르시면서
학교 갈 가방 메고 집 나서면
이슬보다 더 맑은 눈으로
학교가 있는 언덕 바라보시던

그렇지, 꼭 그 눈빛이야
숯검뎅이 묻은 광목 저고리 안에
소나무 껍질 같은 두 손 감춘
엄마의 얼굴이야, 저 들국화는

2부

임이 부르시면

네 네 달려갑니다
깃발 내리면 힘차게 달렸듯이
지금도 부르시면 달려갑니다

그리움은 힘들어요
꿍꿍 앓다 기침 내면
피 되어 쏟아질 것 같던

그날이 저에겐 기억만으로
가슴 떨려요
임의 소리 저를 잠 깨우시면

달려갑니다
바라고 바라던 소리여서
더 이상 견디기 어려우네요

달님도 걸음을 멈추고
새님도 날기를 멈추어요
네 네 달려갑니다

사랑은 송곳

사랑은
훗날 송곳

사랑이
왜 송곳인지

넌 아니?
너 떠나면

행복은
슬픈 추억

그때엔
아플 테니깐

종이비행기

종이를 접습니다
사라지는 것과
사라지지 않는 것으로
날개를 만듭니다

한때 같은 종이였으나
접힌 것과
접히지 않은 것으로
새롭게 비행을 꿈꿉니다

날아라 비행기야
바다 건너
대륙 건너
지치지 말고 가거라

햇살 낮은 오후, 비행기는
몇 번의 비행과
몇 번의 추락 끝에
다시 종이로 펴집니다

나무의 꿈

가장 행복한 나무를 봤어
소년이 나무 아래 졸면 햇볕 가려 주는

가장 행복한 나무의 꿈을 봤어
노인이 된 소년이 나무 벤치에서 졸고 있는

나비

내가 네 곁에 머무르는 동안
아픔은 없어

기다림이 행복이란 걸
알게 된 날부터

작은 사랑을 하나씩
버린 그날부터

내 마음 맑아 고요해지더니
날개가 돋아났어

꽃들에게 입술을

고개를 내밀고 고개를 흔드는
꽃들에게 입술을
그리하여 이 세상 가장 아름다운
사랑 하나 만나서
땅 끝보다 더 깊고 먼 곳–
내 마음속에 감추어 두겠다

만남

길을 걷다 뒷모습 보면
어디서 본 듯하고
앞으로 다가가 모습 보면
아닌 것 같기도 하고

인연의 만남이란
그네 같이 움직이는 것이어서
허공을 박차 달아나기도 하고
가까이 오기도 하고

먼 길 떠나보면,
아무리 먼 길 떨어진 마을
처음 만난 사이라 해도
마음 움직이는 사람 있으니

그 옛날 그 시간에 이르러
애틋한 정 남긴 이 만나
황사黃沙 부는 언덕에서도
눈빛 푸르게 빛난 것일까

사랑해요란 말

흔한 말이라 해서
함부로 말도 못하고
임금님 귀는 당나귀 귀 뱉듯
꽃에 던지고 얼른 숨었다

바라보고 말하기엔
너무 힘이 들어서
이른 아침 화초에 닿은
이슬에게 말하였더니

부끄러운 듯 또르르
굴러 떨어지고
등나무 아래 까만 돌멩이
주워 가만히 말했더니

저도 감정을 참는 모양
낯빛 하나 변하지 않는다
떨어지는 나뭇잎 위에

그 돌 놓아두고

빈 하늘 보며 생각한다
사랑해요란 말
왜 이리 힘이 들까
너무 맑아 힘든 사람아

사랑은

옷을 벗는다
하동夏童의 붉은 몸뚱이
세상을 벗고
초록 들에 선다

맨몸으로 듣는
바람소리
맨몸으로 보는
청아한 빛

풀숲 사이
이슬 같은 사람아,
너를 찾으면
햇살 속에 숨으니

사랑은
하동夏童의 숨바꼭질인가
보려면 숨고
잡으려면 흩어지고

아름다운 사람

당신은 내게 고마운 사람입니다
향긋한 향기 전하는 사람입니다
세상일 다 그러하듯 지쳐 있을 때
내게 아름다움 주는 사람입니다

모래알이 많을까요
사람들이 많을까요
하늘엔 별들이 많을까요
외로운 영혼이 많을까요

당신이 쥔 모래알 몇 안 되듯이
당신이 헤아린 별 몇 안 되듯이
세상 여러 곳 여러 사람 만나도
기억하는 사람은 몇 안 되는

아주 작은 확률 속에 이루어진
소중한 만남이랍니다
함께 세상 살아가면서 기쁨 주는
당신은 참 아름다운 사람입니다

별을 이야기했다

뇌종양으로
슬퍼하며 시간을 기다리는
한 사람과 이야기했다

그 현실보다
살아 있다는 것이
더 실감나는 세상에서

그를 웃게 할 만한
소재를 찾는 일은
어려웠다

우리가 사는 별과
우리가 만난 별을
이야기했다

우리가 만난 별과
우리가 만날 별을

이야기했다

오늘 밤에는
별이 더 선명했다
잠 깨어 있었다

행복

내가 작을 때
나는 네 눈 안에 있었다

내가 컸을 때
나는 네 눈 밖에 있었다

나를 밀어낸 것은
네가 아니라

이미 커져 있는
내 몸뚱이였다

나의 행복이란
네 안에 있는 것이다

나의 오만과 미련이
나를 버렸다

나를 불러 다오
푸른 잎 단 나무 위로

깨끗한 이슬 되어
네 눈에 다시 비치도록

끝까지 가는 사랑

편지를 쓸게요
우체국은 있나요
행복하시면
됐습니다, 더는
말씀 않으셔도

보름달이었어요
너무 밝았어요
그래서 달 봤는데
보셨군요
신열로 몸져누운

만남, 기억해요
그날
눈 쏟아졌으니
눈 오지 않는 이 곳
또 눈이 오면

아니에요
가슴에 눈 쌓일 텐데
반쯤 뜬눈으로
기대셔요
처음처럼 끝처럼

달 기울면
어찌 되나요
소중한 것은 마지막
끝까지 가는
사랑이라던데

눈물이 강 되었다면

제가 울 땐
내버려두세요
이유 없이
그런 때 있으니까요

아니에요
이유 없는 울음이
어디 있겠어요
드러내지 못할 뿐

사람들은 듣지만
사람들은 읽지만
세상엔 말이나 글로
못하는 일 있어요

바보예요 천치예요
울 줄밖에 몰라요
가슴에 강 흐른다면

믿어 주시겠어요

한 방울
한 방울
안으로 흘러
눈물이 강 되었다면

별 하나

하늘을 바라보았다
별무리가 들어왔다

난 슬퍼해도
널 슬프게 하진 않겠다고

약속한
별 하나가 있었는데

그 동안 잊고 살았다
사는 게 바빴다

딸꾹질만 남았을까
그 별은

어둔 밤을 지우면서
약속을 기다리면서

노을

해거름이었다
간절곶, 일출이 아름다운
울산 가는 국도변

하늘은 마치 도살장
소의 혓바닥 색깔만큼
붉었다

사라지는 것 모두가
눈물 가져간다면
아픔 끝 된다면

내게 남은 쓸쓸함도
이제는 가져가라
세상에 와 사랑 알았으니

한 가지는 되었다
그리움이란
만날 시간만큼이다

사랑은 작게 시작하는 거야

사랑을 할 때는
작게 시작하는 거야
처음부터 크게 하면
눈물이 많아지거든

사랑은
나누는 일이 더 어려워
사랑을 하면
그 사람이 커지거든

높은 성벽城壁이 생기고
나는 자꾸만 작아지던걸
다가가기엔 너무 높고
주저앉기엔 너무 힘들어

그런 날은 사람이 드문
오솔길을 찾았어
솔 향내 사이로 다람쥐 오르는

사람이 적게 다니는 길

그가 기다릴 것 같았어
누구도 닿지 않은 솔잎 사이로
햇살이 귀에다 소곤대기를
천천히 기다리라고 했어

사랑은 크게 하는 것이 아니라
처음엔 아주 작게
그리고 조금씩 늘려가면서
하는 것이라고 했어

지금 사랑하는 이에게

사랑하지 말라

한 줄 글 쓰고 싶었다
그러다가
몇 줄 더 쓰기로 했다

너는 울고 있고
나는 눈물을 닦는다
그뿐

밤이면 강江도 잠드는가
어느 날 낯선 곳
죽은 듯 누워 있던 강

바라보며
눈물 흘리는 까닭을
말하라

견딜 수 없는
사랑은
사랑이 아니더라

두려워하는
사랑은
사랑이 아니더라

스승의 날

노동절이 되면
노동자들이
두 손을 을러메고
쫓겨난 직장 찾아간다

스승의 날이 되면
선생님들이
학생들이 달아 준 꽃을 달고
또 기념 떡을 먹는다

부끄러운 일이다
세상에 선생 되어
꼬박꼬박 월급 받으며
해마다 사랑 받는 일이

사랑은 외길이 아니라
함께 가는 길인데
어둔 방에 누운 어머니

일자리 잃은 아버지

손뼉 치는 학생 중에
감춘 그늘 있을 텐데
지워야 할 어둠 있고
기다린 바람 있을 텐데

어느 노래

어느 노래
임 귓가 그립다

바라보면 부끄러워
능금볼 같은

닿으면 또렷해져
유리알 같은

그 노래 다시 찾아
부르고 싶다

3부

낙엽

내가 너를 사랑하였으면
나는 되었다
내가 사랑한 대가로
너의 사랑을 바란다면
내가 너를
사랑한 것이 아니다

오늘도 누군가를 위해
낙엽은 진다

가을비

밤새워 채워 둔 비밀 보따리 풀어놓듯
조금씩 이 아침에 가을비 내린다
이 비 내리고 나면 가을은 성큼
내 가슴속 여러 빛깔로 남을 테지

갈색 커피를 마신다
채워지지 않는 갈증
임을 닮으려 했으나 임을 닮지 못하고
간절한 바람마저 채우지 못한 채

나는 또 쓸쓸한 소년이 된다
울다 울다 잠들면
내 어깨 다정히 손 얹어 주던
기억들, 가을비에 쓰러진다

아픔은 지워지지 않는 걸까
상처에 딱지 앉으려 하면 또 가을이 와
갈비에 불 지핀 것처럼

서서히 안으로 타들어 가는 그리움

지금 이 아침 가을비 내려
풀어진 넥타이 끈처럼 길게 누운 도시
잠 깨워 일으킨다
하늘과 땅 갈색으로 물들인다

가을 편지 1

가을이
햇살과 옷자락 흔드는 바람 데리고
강둑 아래 낮게 앉았다

냇물 종알대는 소리를
모래알이 초롱초롱한 눈빛으로
담고 있는 한낮

게는 숨구멍 하나 내놓고
유선 전화줄 같은 소재를 드러내지만
여기는 우체부도 없는 마을

푸른 하늘 고니 두서너 마리
흰 날개 툭툭 털며
남쪽으로 날고 있다

가을 편지 2

뻔히 알면서
하는 거짓말은
잊는다는 말

노란 병아리
물 한 모금 머금고
하늘 보듯

하루에도 몇 번씩
떠올리는
그 말

철둑길에 핀
코스모스
길어진 목처럼

마음 안에
쑥쑥 자라는
거짓말

가을 편지 3

떠나기 전
햇살은
참 따스해

떠나기 전
사람의 말은
참 정다워

임이
부드럽게
말하면

그것만으로
겁나
숨이 멈춰

내가 강물이 된다면

그냥 흐르는 물이라고 해서
모두 강물이 될 수는 없지
한 방향으로 곧이 흘러서
모이고 모여 푸른 숲 같은 물 이루면

그땐 태양볕 받아 형형색색
아름다운 눈 굴리며 가는 거지
바다가 뭔지 몰라도 막히지 않는다면
졸랑졸랑 춤추듯 달리는 거지

그러나 내가 강물이 된다면
앞으로 앞으로 달리진 않아
명경처럼 멈춰 달빛 감추고
산 그림자 내려받아 볼 비비면서

이 세상 하염없는 눈물 속에 담긴
서럽게 숨겨진 이야기를
자갈돌 닳아 모래알 되듯이
닦으며 다듬으며 흐르고 싶다는 거지

리쥬

산둥성 제남齊南에서
중국 고전복을 입고
벽나춘碧螺春 차茶를 따르던
리쥬를 생각한다

한국에 가면
꼭 전화해 달라며
기다릴 거라던
소녀의 호의好意

전화기를 볼 때마다
리쥬가 생각난다
말이 안 되어 필담筆談 나눈
명천다예관名泉茶藝館 이층집

모란이 아름다운
고향에 같이 가면 좋을 거라던
리쥬의 간자簡字 글씨

먹물 닿듯 가슴에 배는데

오늘 부산에 내리는 비
제남에도 내리고 있을까
부산에도 비 올 거라고
리쥬는 생각하고 있을까

친구

두 손가락 펴는 것은
떨어지지 말자고
아무리 벌려도 까닥 않는
내 몸 같은 사랑으로

너에게 기댈 때
내게도 기대면 좋겠어
살아 있다는 건
함께 느끼는 것

바람이 눈물 닦으면
넌 나의 바람이 되고
빗물이 몸을 적시면
난 너의 빗물이 되고

우린 함께 있는 거야
때로 큰 파도 온다 해도
내 마음이 네게 있고
네 모습이 내게 있어

신발

어디로 갈지
어디에 머물지 모르지만
작은 꿈 하나는
사랑 받고 싶다는 것

그의 뺨에서 온기 느낀다면
따슨 눈물 적신다면
그렇게 긴 날을 함께 보낸다면
더 바랄 것 없지

어찌보면 사랑이란
쓸쓸함 곁에 머무는 것
사랑이 행복만은 아니야
먼 훗날 빈 하늘 아래 놓였을 때

한가지 바람은
서로 바라보며 살았고
그를 편히 해주었으며
함께였다고 말하는 것

집으로 가는 길

기다리다 잠들었을까
발걸음 소리에 놀란 풀잎 부스스 눈뜨고
발아래 밟힌 봄꽃이 인사를 한다

아침이슬 먹고 일어나 한낮을 졸다
도무지 불평 모르는 어린 싹들이
발자국 소리에 일제히 일어난다

염소도 집 앞이면 쪼르르 달려가는데
풀잎처럼 일어나 식탁에 둘러앉아
나지막한 음성으로 나를 부르는 소리

오늘 밤 별은 어느 쪽에서 빛 거두고
다시 어느 쪽으로 빛 떨구고 갈까
또 바람은 얼마나 놀다 갈까

나도 사랑이 그립다

꽃이 웃는다
손이 고운 아이 품에 안겨
두근거리는 심장인 듯
꽃은 꽃잎을 흔들었다

나도 사랑이 그립다
입술 연 꽃에 얼굴 내리고
그리워 떠오르는
너의 모습 그리다

달 되어 높이 솟겠다
뜰에 서서 널 부르다
그래도 내 이름 잊었으면
풀벌레 소리로 낮게 울겠다

숲

숲에 가면
숲이 반기는 바람이 되고 싶다
숲에 가면
숲이 반기는 비가 되고 싶다
가다 가다가 어느 길
숲이 나와 나를 반기면
나도 숲에 줄 게 있어야지
바람도 되고 비도 되어
숲을 씻어줄게
하지만 숲이 아껴 둔
새의 둥지
지상 동물들의 집에는
가까이 가지 않으련다
숲이 사랑하는 그곳에는
나도 숨죽여 흐르지 않으리
내가 원하는 건 숲
흐르다 멈춘 시간
그냥 바람이 되고 비가 될게

가다 가다가 만난 길
길가 숲 속에서
숲의 따뜻한 이야기 듣고
다만 행복에 겨워 숲에 볼 비비는
바람이 될게
비가 될게

너 행복하다면

내가 있어
너 행복하다면

내가 보는 것
너 본다면

내가 듣는 것
너 듣는다면

그래서
너의 눈 귀가 된다면

나는 날마다
눈 귀를 씻겠다

세상의 아름다움
지치도록 모아

날마다
보고 듣겠다

포도

누님, 잘 익은 포도 따
시렁 위에 얹어 두고요

포도의 단맛처럼 가시지 않는
황홀한 시간은 내려놓았어요

아직 떠나지 않은 여름은
나의 청춘이랍니다

누님, 어느 햇볕 아래
저리도 알알이 사랑이 익었답니까

달님도 부끄러워 반쪽 고개 내민 밤
말 못해 애태우는 날 두고

포도의 싱그런 단물만
밤새도록 뚝뚝 마루에 떨어집니다

바다로 가야겠다

아무래도 나는 가야겠다
그 바닷가, 지워지지 않는 발자국
엄마가 되어 버린 소녀가 남아
기다리는 바다로 가야겠다

신들린 듯 머리 풀고 있을 해초들
저녁놀 빛이 판잣집을 적시면
옷고름 풀고 기다리는 여인의 한이
바위 되어 열 지어 있는

그 바다를 두고 뭍에서
또 무엇을 바랄 것인가
나를 기다린 날만큼 붙어 있는
저 조개들, 또 입 벌리고 쓰러진 조가비

밤이면 흐느낌으로 변해
숫돌에 칼 갈듯 나는 저 소리를
버리고 차마 혼자 살지 못하겠다
아무래도 다시 바다로 가야겠다

아픈 기억 바다에 던져 볼까

바람에 바란 것은
행복한 시간이었다

흰 구름 나직한 날
해운대 달맞이 길

해월정海月亭 올라
바다 내려다본다

구름 내려올 때 숨는 것은
바위인가 섬인가

오늘 저 바다
오색五色 능라綾羅여서

물결 더욱 아름답구나
기쁜 날 어디 한번

아픈 기억 바다에 던져 볼까
힘들었던 시간

절영도絕影島 그 섬에서

영도 남으로 난 산복 도로
나는 오늘 장군將軍이다
가는 길마다
발아래 정박한 외항선
사열대 향하듯
줄 서 있으니

차창에 닿은 빗방울
티끌 없게
브러시로 닦는다
장군은 아무래도
맑은 눈으로
세상 보는 게 좋아

해발 395m 봉래산 중턱
남해가 내려다보이는
벼랑길에 멈춰
나는 바다를 담는다

소라의 고독
기다림과 쓸쓸함에서

섬 가까이
좌초된
외국배 이야기
해송海松은 무엇 기다리고
해풍海風은 무엇 바라는지
씨앗 깨물고 봄 기다리는

절영도絶影島 그 섬에서
밤마다 해수병咳嗽病 도진
파도이거나
자갈밭 은밀함 또는
몸 숨긴 게의 이동 거리와
새벽이 올라오는 소리까지

사다리 오르기

사다리를 타고 오른다
사다리 끝나는 지점도 모르면서
사다리 위에 첫발을 내디디면서
오르는 길만 찾는다

처음 사다리는 오를 때마다
보이는 것은 하나씩 낮아지고
나는 상대적으로 높아진다
오르면서 아래를 내려다보면

길가 앙증맞은 봄맞이꽃이
들풀 위에 앉아 나풀대던 나비들이
점점 멀어져 보이지 않고
높게 떠 아름다웠던 구름도 없고

아무리 올라도 또 올라야 하는
인생이란 사다리 길을
결국엔 서러움 하나 남을
그 길을 친구도 떼고 올라간다

11월의 노래

내게 11월은 기쁨의 달이었으면
나란히 서 마주보는 글자처럼
나도 너와 나란히 웃음 나누었으면

내게 11월은 화해의 달이었으면
두 개여서 제 역할 하는 젓가락처럼
나도 너와 둘이어서 평화 있었으면

내게 11월은 축제의 달이었으면
드럼 치는 아이 손에 잡힌 채처럼
이쪽저쪽 신나는 즐거움 있었으면

아들에게

바람이 인다
볼에 닿는 이 바람은
너의 볼을 스쳐
내게 닿는 바람이다

훌쩍 커버린 키
서글서글한 눈
품에 안겨 잠들던 네가
청년이 다 되었구나

이틀 후면 수능 고사
저는 최선을 다했지만
남들 눈엔 아니겠지요
빙그레 웃는 모습

내가 할말은 언제나
아빠는 네 편이다
평범한 이 말밖에는

달리 해보지도 못했구나

오늘은 비까지 내려
시험을 기다리는 네 맘도
쓸쓸하겠구나 엄마도 아빠도
네 맘과 같단다

이 세상 무엇도 내 일을
대신할 수는 없다
첫 경험의 작은 두려움도
하늘에 맡기고

언제나 밝았던 네 맘으로
언제나 유쾌했던 네 맘으로
한 걸음씩 앞으로 나아가자
기쁨의 날이 우리 편이다

4부

지금 내리는 이 눈은

눈이 내린다
내 마음에도 흰 눈이 내려
오늘 이렇게 아름다운 세상
만드신 이 누구일까
죄 씻어 말갛게 비워 두면
눈 데려온 투명한 바람과
깨끗한 영혼들 일어나
기뻐 눈물 흘린다
흰 눈 위에 더욱 선명해라
흘리신 붉은 핏자국,
벅찬 환희로 몸 떨 때
아기천사 뚜뚜 나팔소리인가
지금 내리는
이 눈은

고해

"중요한 건 요나가 고래 뱃속에서 잘못을 뉘우쳤다는 거
야!"
아이는 잠시 생각에 잠기는 듯하더니 엄마를 향해 소리
쳤습니다.
"고래 뱃속은 반성하는 곳이네! 후후"
— 안순혜 〈이 방이 고래 뱃속이야?〉 중에서

혁명기간도
억겁에서는 찰나인데
그 크기
잔물결만 할까

시간과 공간
만날 느는 건
말해서 죄
말 안 해서 죄

땟자국처럼
얼룩져 있을 텐데

새로운 죄
풀 자라듯 자라니

마음속
죄 씻으려 하면
그리워 않기
울지 않기

선긋기

파란 종이에
가는 붓끝으로 선을 긋는다
선 너머는 하늘이고
선 아래는 산이다

푸른 종이에
가는 붓끝으로 선을 긋는다
선 너머는 바다이고
선 아래는 모래이다

흰 종이에
가는 붓끝으로 선 그으면
선 너머는 저승이고
선 아래는 이승이다

우리 하느님

보이지 않아도
저는 찾기만 하고

만져지지 않아도
저는 만지려 하는데

우리
하느님은,

제가 의심해도
미워하지 않으시고

제가 잠들어도
잠들지 않으시네

임은 흰 구름 되십시오

가만가만히 들여다봅니다
임의 눈 안에는 무엇이 있나
숨죽이고 들어가
임의 눈 안에 앉아봅니다
호수가 있고
그늘이 있고
달빛 그림자 같은 눈물이 있습니다
한낮을 지치도록 울다간
종다리 그을린 울음소리가
나이테처럼 둥글게 앉아 있고
낯선 시인의 밤 같은
시집이 놓여 있습니다
임의 목소리는 악기 소리보다
더 정교하게 다듬어져 있고
거문고 타듯 저는 그 위를 건넙니다
나뭇잎의 작은 일렁거림도
임은 보고 계셨습니다
그 눈은 레이저 광선보다도

더 강하게 저를 뚫고 있습니다
목젖에서 올라온 흰 울음소리는
연꽃처럼 우아하게
척박한 땅 끝에 섰습니다
임이여, 임이여
가슴에 핏물 고여 터질 것 같은
저를 가두고 매질하는
이 말을 거두어 가십시오
세상의 단어를 모두 모아
실타래 엮듯 엮어도 다 못 엮을
말씀일랑 태워주십시오
임은 저를 딛고 올라가
흰 구름 되십시오
흩어지면 모이고
모이면 더욱 맑아지는
끝내 실체를 담을 수 없으면서
저 혼자는 아파해야 할
임이여, 임이여
임은 흰 구름 되십시오

꽃길

세상에 태어나
당신을 위한 꽃길 되지 못하고
변두리 길 서성거리는
저를 용서하십시오

저 또한 당신의
꽃길이 되고 싶습니다
그러나 이 세상엔
사랑할 것이 너무 많습니다

당신의 꽃길이 되어
당신만을 기다리는 꽃잎이 되지
않았습니다 저는
용서하십시오 저를

당신의 꽃길이 되고자
오늘도 당신을 기다리는
사람들보다 천국에 드는 길이
늦음을 용서하십시오

두 손 모을 때

가끔 한 번
그렇게 고요한 시간에
이 세상 누군가를 위해
두 손 모을 때

맑은 마음 안에
고요히 떠올라
비 맞은 새 쓸쓸한 날개 같은
이웃의 눈물 떠올리며

기도하십시오
평화와 안녕이 머무르기를
나뭇가지 새둥지처럼
포근한 휴식 있기를

당신의 깨끗한 맘으로
기도하십시오
호수 위에 달빛 내리듯
온유한 기도하십시오

당신은 믿어야 합니다

사랑하는 까닭은
살아 있기 때문입니다
그리워하는 까닭은
생각하기 때문입니다

살아 있는 것은
사랑하기 위해서입니다
존재하는 이유는
사랑을 전달하기 위함입니다

당신은 보지 않아도
보이지 않는 곳에서
당신을 위하고
기도하는 사람

당신도 모르는 시간에
그리워
가슴 안에다 눈물샘을 쏟는

그런 사람

있음을 믿어야 합니다
사랑함으로써
행복해 하는 사람 있음을
당신은 믿어야 합니다

내 영혼이 있어

내 영혼이 있어 모습 모은다면
저 꽃다발 크기만 할까?

내 영혼이 있어 바람에 웃는다면
저 꽃들의 볼 터진 웃음만 할까?

내 영혼이 있어 내가 운다면
저 꽃잎 떨어지는 아픔만 할까?

내 영혼이 있어 잊혀질 때는
저 꽃향기 바람에 흩어지듯 할까?

촛불

바로 저이게 하소서
언제나 환히 비추어

처음이 마지막이 되게
불타게 해주소서

심지 낮추어
바람에 꺼지지 않고

당신 맘 비추는
촛불이 되게 하소서

매번 타오르는 기름은
눈물 아니라 기쁨이니

이 기쁨 또한
당신 기쁨이게 하소서

이웃집

문을 연다
다시 문을 닫는다
누가 사나, 옆집에는

다시 문을 연다
살그머니 문 닫히는 소리
누가 열었을까, 저 문은

하느님 보시면
참 우습겠다
서로 문 여는 모습

문 열고 기다려야지
누가 살그머니 문 여는지
바라볼 수 있게

내가 한 모든 말

들떠 있을 때
말하기 참 좋다
그러다 차분해지면
말이 그친다

들떠 있을 땐
어린아이 생각이 되어
부끄러움 없는데
문득 나로 돌아오면

내가 한 모든 말
얼굴 붉은 일이다
가만히 있었으면 좋을 것을
다음엔 가만히 있어야지

잊어버리고 또 말을 한다
해놓고 나면 그 말이 그 말인
그 말을 하면서 들뜬다
참 부끄럽다

왜 손을 모았을까

어릴 때 성당에서 본
벽면에 새겨진 조각 하나는

두 손을 펴고 모은 다음
V 자로 엄지손가락 겹친 손 모양

왜 손을 모았을까
하느님과 떨어지지 말라고

너의 손 내밀어
나의 손잡으라고

그리하였을까, 그래서
억세게 잡은 손 보여주셨을까

약한 의지 무너지지 말라고
당신 곁에 계심 알리시려고

찬바람 부는 겨울 담장에서도
봄 꽃송이처럼 따스하게

손잡고 계셨을까
가슴에다 그 손 새겨주셨을까

저를 버린 빈자리

제가 손을 뻗어
당신께 나아갔을 때
당신은 한 움큼 햇살을 주셨습니다

제가 인간의 머리로
괴로워하며, 당신을 갈구했을 때
당신은 말씀으로 제 머리를 채워주셨습니다

제가 불타는 가슴으로
고통 받으며, 당신께 도움을 바랄 때
당신은 성령으로 제 가슴을 식혀주셨습니다

당신은 언제나 주시기만 하셨습니다
제가 당신을 찾으면
그 때마다 곁에 머무셨습니다

그러나 당신께서는
언제나 오신 것이 아니라

저를 버린 빈자리에만 오셨습니다

인간의 머리와 가슴을 버린
그 자리에
당신은 기다린 듯 오셨습니다

오늘 부산 눈 내린다

이 얼마 만인가
부산에 눈이 내린 것이
위쪽 지방에 눈 내릴 때
여긴 비 왔는데
오늘 웬일인가

눈 비비고 일어나
시린 너의 얼굴 같은
눈을 바라본다
지난밤 잠들지 못한
영혼들 모여

한꺼번에 세상 나들이
나왔구나
그래서 지금은 별들도 눈을 감고
그리움에 취한 얼굴 위에
북받친 울음 우는구나

오늘 부산 눈 내린다

서러운 사람 가슴 안
동백꽃 붉은 핏물 들여라
희어서 더욱 희어서
붉은 핏물 선명하도록

눈이 오늘 내렸다

어디에선가 소리가 들렸다
바깥 창에 붙어 손짓하며
나를 깨우는 것이 꼭
엄마 같았다

엄마 마지막 날 입은 옷 같은
눈이 오늘 내렸다
하늘나라 여행단이 인솔했을까
슬픈 사연 간직한 영혼 데리고

내 눈엔 그리 보였다
엄마도 그들과 함께 있는 듯
눈부셔 눈 못 뜨는 나를
나오라고 어서 나오라고

자꾸 손짓했다, 엄마는
가장 낮은 곳에서 나를 기다렸다
다가가면

가만히 신발을 안았다

요놈 발이 우째 이리 컸노 하고
삭힌 울음 나올 것 같아
다시 맨발로 갔다
엄마가 발에 입맞춤하는지 뜨뜻했다

종지기

아침이면 푸른 별 떨치고 일어난 사람입니다
어린 자식 같은 동아줄 당겨 아침을 불러오고
기적소리보다 먼저 도시를 잠 깨운 사람입니다
자기보다 몇 갑절이나 키 큰 종탑 바라보기를
하느님 우러러 뵙듯 두 손 모아 경건히 하고
그렇게 자신 있게 땡그랑땡그랑 종소리 내던 사람입
니다
언제부턴가 낡고 닳아 헐거워진 종소리만큼이나
낮은 목소리로 연신 잔기침하다가도 아침이면
핏줄 솟은 두 손으로 삶의 탱탱한 줄 당기던 사람입
니다
새들이 떠난 교회의 나무에 빈 햇살이 앉았고
일상을 떠난 영혼들 모여 조각 맞추기 게임을 합니다
그러나 아침마다 아침을 열었던 그 사람 없습니다
새들 떠난 도시에서 새 돌아오기를 기다리던 종지기는
새가 오는 것을 보지 못한 채 새들처럼 떠났습니다
낡은 종은 새 종으로 바뀌어 기계가 대신해 소리를
내고

세상은 더 이상 종지기 그 사람 필요로 하지 않습니다
　　종탑 바라보기를 어린 자식 바라보듯 했던 그 사람
　　동아줄 당겨 푸른 종소리로 세상 덮었던 사람 없습
니다

사랑한 까닭

정말 그랬답니다
별만 쳐다봐도 당신이 그 별 가운데 하나가 되어
저를 내려다보는 것 같았습니다
제가 슬퍼할 때는 당신이 먼저 저의 슬픔 안으로 들
어오셨고
제가 기뻐할 때에는 당신이 먼저 저의 손을 잡아주
셨습니다
당신을 그리워하면 뭇 바람이 저의 볼을 간질이며
달아났고
교회 앞을 지날 때면 왜 저의 몸은 천사처럼 깨끗하
지 못할까 하고
마음속에 먼저 고통 일어나 괴로웠습니다
다른 죄 없습니다
세상에 와 당신 알았고 당신 그리워한 죄밖에 없습
니다
사랑이란 나무는 그리움을 먹고 자랍니다
때로는 마음 안에서 봄바람 같은 훈풍이 일다가도
어느 때는 거친 폭풍우 같은 비바람이 거칠게 몰아

칩니다
　그래도 행복하다고, 행복하기 때문에 이런 것이라고
　생각하며 길을 걷습니다
　그 길이 아무리 멀어도 멀지 않게 느껴지는 것은
　당신이 계신 곳, 그 곳에 가서 당신을 뵙게 되면
　이 세상의 고난과 슬픔, 이해 받지 못한 서러움까지
　말갛게 정말 말갛게 지워져서
　그때는 눈물마저도 아름다우리라 믿기 때문입니다

설날 아침 너에게 하고픈 말은

그리운 사람에게
편지를 쓰면
잔솔밭 애기뿌리 귀 기울이고

이끼 낀 돌 틈 샘물이나
나무껍질 뚫고 나온 액아腋芽도
숨죽이기에

오늘은 열난 사랑, 차가운 사랑
죄다 버리고
두리넓적하게 좋은 말 할게

아픔은 없어
거짓도 없어
보고 싶어 힘들뿐

설날 아침 너에게 하고픈 말은
기쁜 일만 있어라

즐거움만 있어라

말에도 언기言氣가 있어
이루어진다 하니
새해에는 사랑만 남아라

시댁은 어렵다

설날엔
박카스 한 병 먹고
시작한다

시댁은 어렵다
힘들고
서럽고

햇볕 쨍쨍한 날
소녀의 꿈 맑은데
아내 되어

그릇 씻는다
씻기는 것은
친정아버지 눈빛

그러다 눈물 나오면
파전 그을음에
떨굴 수밖에

사랑과 신앙의 깊은 샘

임 종 성
(시인, 문학박사)

대체로 사실이란 실제 있는 자연계의 객관적 현상, 그리고 법률상의 효과를 발생하는 일로서 다분히 현실성을 띤다. 어떤 사물의 형태 그 자체를 보고, 듣고, 냄새 맡고, 만지고, 경험 과정을 조사하고, 실험한 결과 등 있는 그대로를 말한다. 이에 비해 진실이란 거짓 없고, 바르고 참된 것으로 예술성을 띤다. 어떤 형태 속에 잠겨 있는, 스며 있는, 배어 있는, 물들어져 있는 것, 이를테면, 생의 바른 지향과 의식이 이어져 있으며 감성과 열정, 영혼과 눈시울이 젖어 있다. 한 편의 서정시는 단순한 시인과 세계 사이의 체험을 사실 그대로 옮겨 받아 적은 일이 아니라 삶에 내장된 진실 내용을 예민한 감수성에 접목시켜 미적 가치를 드러내는 언어 예술이다.

　이러한 관점에 연관시켜 정영일 시인의 시집 『지금 사랑하는 이에게』 내면을 읽어본다.

　　뻔히 알면서
　　하는 거짓말은
　　잊는다는 말

　　노란 병아리
　　물 한 모금 머금고
　　하늘 보듯

　　하루에도 몇 번씩
　　떠올리는
　　그 말

　　철둑길에 핀
　　코스모스
　　길어진 목처럼

마음 안에
쑥쑥 자라는
거짓말

—「가을 편지 2」 전문

　이 시에서 화자는 '잊는다는 말'을 '거짓말'로 전환
시켜 말이 지닌 역설의 힘을 드러내고 있으며 '노란 병
아리/ 물 한 모금 머금고 하늘 보듯' 하루에도 몇 번씩
같은 말을 떠올린다. 또한 '철둑길에 핀/ 코스모스' 길
어진 목처럼 '마음 안에/ 쑥쑥 자라는/ 거짓말'을 자기
스스로에게 건네준다.

　그러나 자기 자신에게 되풀이 건네는 한마디 말은
아무 응답도 예비하지 못하고 있다. 그 한마디 말은 패
랭이꽃을 보고도 고운 향기를 맑은 냇물 건너 언덕너
머 서성대는 바람에게 옮겨주지 못하고, 등촉의 작은
심지에도 물빛 한 점 안겨주지 못한다. '너'를 찾아 나
서는 한마디 말은 '너'의 마음속에 자리 잡아 꺼지지
않는 불빛이 되고 싶은 것이다.

들떠 있을 때
말하기 참 좋다
그러다 차분해지면

말이 그친다

들떠 있을 때
어린아이 생각이 되어
부끄러움 없는데
문득 나로 돌아오면

내가 한 모든 말
얼굴 붉은 일이다
가만히 있었으면 좋을 것을
다음엔 가만히 있어야지

잊어버리고 또 말을 한다
해놓고 나면 그 말이 그 말인
그 말을 하면서 들뜬다
참 부끄럽다

　　　　　　　　　　— 「내가 한 모든 말」 전문

　이 시에서 화자는 말하지 않은 말의 어떤 정황을 내
밀하게 드러내고 있는데 '들떠 있을 때/ 말하기 참 좋
다/ 그러다 차분해지면/ 말이 그친다' 는 대목은 높은
언어의 철학적 의미를 부여한 것으로 보여진다. 특히

'내가 한 모든 말/ 얼굴 붉은 일이다' 는 전언은 언어의 이중화된 속성을 그대로 제시한 것과 무관하지 않다. 언어와 세계의 관계는 양면적이어서 언어는 세계를 드러내고 세계를 은폐한다. 말을 많이 할수록 그 말의 가치와 효과 및 기능은 오히려 하락되는 것이 사실이다. 그래서 자기 밖을 나간 말은 부끄럼으로 돌아온다.

<blockquote>
내가 네 곁에 머무르는 동안
아픔은 없어

기다림이 행복이란 걸
알게 된 날부터

작은 사랑을 하나씩
버린 그날부터

내 마음 맑아 고요해지더니
날개가 돋아났어
</blockquote>

— 「나비」 전문

<blockquote>
가장 행복한 나무를 봤어
소년이 나무 아래 졸면 햇볕 가려 주는
</blockquote>

가장 행복한 나무의 꿈을 봤어
노인이 된 소년이 나무 벤치에서 졸고 있는
— 「나무의 꿈」 전문

　화자로부터 '내가 네 곁에 머무르는 동안/ 아픔은
없어'라고 한 단정적인 진술은 어쩌면 남몰래 홀로 가
서 찾는 외딴 곳에 숨 가쁘게 꽃 하나 피우고 싶은 것
이다. 황홀히 이끌려 붉고 뜨거운 빛깔에 온통 속살까
지 데이고 마는 그런 꽃 하나 피워두고 싶다고나 할까.
이 세상의 가장 아름다운 것들, 가장 예쁜 것들, 가장
고운 것들의 꿈이 꽃씨가 되고 또 꽃씨들의 환한 꿈이
꽃을 피워 나비를 불러 앉히고 멀리 높이 날려 보낸다.
여기서 꽃이 피기를 바라는 오랜 기다림은 끝내 사랑
을 발아하고 만다.
　결국 기다림은 기린처럼 목을 빼어 창 밖을 내다보
는 일이거나 나무가 가지를 해 뜨는 쪽으로 뻗는 이야
기, 풀들이 바람을 밀쳐내 일어서고 연초록 바람이 빠
끔히 문틈을 여는 일이다.

상사화야, 네 꽃을 잃어야 새 잎 돋는다면
한 가지에 나서 꽃이 잎 만나지 못한다면
네가 아무리 아름답다 해도 나는 차라리

흙 묻힌 꽃이 되어 잎 바라보며 살란다

—「목련」 부분

꽃잎을 잃어야 새 잎 돋는다는 말은 상실 끝에 주어
지는 생명과 접맥되어 있다. 그러나 한 가지에서 꽃이
잎을, 잎이 꽃을 끝내 만나지 못하고 생을 문 닫는다면
얼마나 슬프고 아픈 일이겠는가. 화자는 '아무리 아름
답다 해도 나는 차라리/ 흙 묻힌 꽃이 되어 잎 바라보
며 살란다' 고 고백하고 있다.

길을 걷다 뒷모습 보면
어디서 본 듯하고
앞으로 다가가 모습 보면
아닌 것 같기도 하고

인연의 만남이란
그네 같이 움직이는 것이어서
허공을 박차 달아나기도 하고
가까이 오기도 하고

—「만남」 부분

나무 한 그루 심어 놓고

물을 붓는다, 아무리 물 부어도
사랑이 없으면
나무는 자라지 않는다

—「잎 푸른 나무」 부분

어느 시인이 '인연은 갈밭을 건너는 바람'이라 하지
않았던가. 화자는 인연의 만남을 '그네같이 움직이는
것이어서/ 허공을 박차 달아나기도 하고/ 가까이 오
기'도 하는 것으로 보고 있다. 사랑이 깃들지 않으면
나무는 자라지 않는다.

프롬은 사랑이라는 친숙한 소재를 통해 현대 자본주
의의 문제를 수필 같은 문체로 풀어낸다. 현대인들은
사랑을 매력적인 상대를 만나 감정이 타오르게 된다는
상태라고 말하고 있다. 나아가 사랑은 자기 수양을 통
해 온전하게 홀로 설 수 있을 때 비로소 온전하게 그
고유한 의미와 가치가 주어진다는 것이다. 내 욕구를
채워 줄 수단으로 사랑의 대상을 찾고 있다면 사랑은
마약과 같은 고통일 뿐이다.

자본주의는 사랑까지도 교환의 대상으로 바꾸어 버
렸다. 사람들은 자신을 멋진 상품으로 보이게 하는 데
만 관심을 가질 뿐 상대와의 진정한 합일을 이룰 수 있
는가에 대해서는 별다른 관심을 두지 않는다.

내 영혼이 있어 모습 모은다면
저 꽃다발 크기만 할까?

내 영혼이 있어 바람에 웃는다면
저 꽃들의 볼 터진 웃음만 할까?

내 영혼이 있어 내가 운다면
저 꽃잎 떨어지는 아픔만 할까?

내 영혼이 있어 잊혀질 때는
저 꽃향기 바람에 흩어지듯 할까?
　　　　　　　　—「내 영혼이 있어」 전문

　화자는 영혼의 모습을 꽃다발 크기만 한 미적 대상
으로 보고 있는 것이 아닌가 한다.
　영혼이 웃는다면 '꽃들의 볼 터진 웃음' 으로 보고,
영혼이 운다면 '꽃잎 떨어지는 아픔' 만한 것으로 맞고
있으며 한편 영혼이 잊혀질 때는 '꽃향기가 바람에 흩
날리듯' 한 것으로 짐작하고 있다. 그런데 시인에게서
가장 살아 있는 영혼의 힘은 어머니로부터 찾아지고
있다.

세상 어머니 모두 똑같다
얼굴 비슷하고
손발 비슷해도
내 아이 찾아내는 것은

세상 어머니 모두 똑같다
벗은 목욕탕이든
뛰는 운동장이든
내 아이 찾아내는 것은

세상 어머니 모두 똑같다
고기국 끓이고
냉이국 끓이고
내 아이 찾아내는 것은

그런데 훌쩍 커버린 내가
어머니 찾으면
별 가운데 섞여
웃으신다, 찾지 말라 하신다
——「어머니」 전문

시인에게 모든 여자는 모성적 속성을 지니고 있는

것이 사실이다.

세상의 어머니는 모두 똑같은 정감이 있다. '얼굴이 비슷하고/ 손발 비슷해도/ 내 아이 찾아내는 것'이나 '벗은 목욕탕이든/ 뛰는 운동장이든/ 내 아이 찾아내는 것'이나 '고기국 끓이고/ 냉이국 끓이고/ 내 아이 찾아 먹이는 것'은 이 세상 모든 어머니의 정겨운 모습이다.

그러한 어머니는 '별 가운데 섞여/ 웃으신다, 찾지 말라'는 구절에서 드러나 있듯 오직 자식을 사랑하는 데서만 빛나는 별이 되는 것이다. 길가에 서 있는 나무에 귀를 기울이면 그리운 어머니의 목소리가 들린 듯하다.

잠시 걸음을 멈추어 나를 부르면서 부랴부랴 먼 길 떠나는 어머니 목소리, 춥고 늦은 밤에 식구들이 걱정하며 기다리는 데 어서 귀가하지 않고 뭐 하느냐고 꾸중하시는 어머니의 목소리가 들리는 것 같다.

몸에 지닌 것 아낌없이 다 주고도 더 내어주지 못하여 허리춤을 뒤지는 그런 어머니는 보이는 하느님이고 천사이며 하느님은 보이지 않는 어머니다.

        보이지 않아도
        저는 찾기만 하고

만져지지 않아도
저는 만지려 하는데

우리
하느님은,

제가 의심해도
미워하지 않으시고

제가 잠들어도
잠들지 않으시네

　　　　　　　　　　—「우리 하느님」 전문

그러나, 당신께서는
언제나 오신 것이 아니라
저를 버린 빈자리에만 오셨습니다

　　　　　　　　　—「저를 버린 빈자리」 부분

　보이는 것의 실상이며 보이지 않는 것의 증거인 하
느님은 '보이지 않아도/ 저는 찾기만 하고// 만져지지
않아도/ 저는 만지려 하는' 데서 우리가 '의심해도/ 미
워하지 않으시'고 우리가 '잠들어도/ 잠들지 않으시'

146

는 사랑의 주체이다.

하느님은 '언제나 오신 것이 아니라/ 저를 버린 빈 자리에만' 오시는 그분은 크고 부드러운 손으로 생명을 어루만져 주신다.

발레리가 말했듯이 "신은 우리에게 첫 구절을 베풀어 줄 뿐"이다. 그것을 완성하고, 첫 구절에 육박하도록 써내야 하는 것은 오로지 시인의 몫이다. 시는 '살(肉)이 된 말' 이어서 의미를 미끄러뜨리지 않고 그대로 좇아가면, 그것은 시의 상태라고 하기 어렵게 된다. 얼마만큼 의미를 벗어나느냐에 따라 시의 참된 모습을 되찾을 수 있다.

정영일 시인의 시의 내포는 아주 깊고 넓다. 미적 가치를 지향하는 시의 문맥 속에는 무엇보다 사랑과 신앙이 이완되지 않고 깊은 샘을 이루어 놓고 있다.

시가 언어 예술이라는 투명한 자각에서 서정의 개진이 자연스럽고 미덥게 행간을 구비하여 나가는 미덕을 품고 있는 것으로 보인다.